Thanksgiving activity book for Kids

This Book belongs to:

_____

_____

_____

Coloring Pages

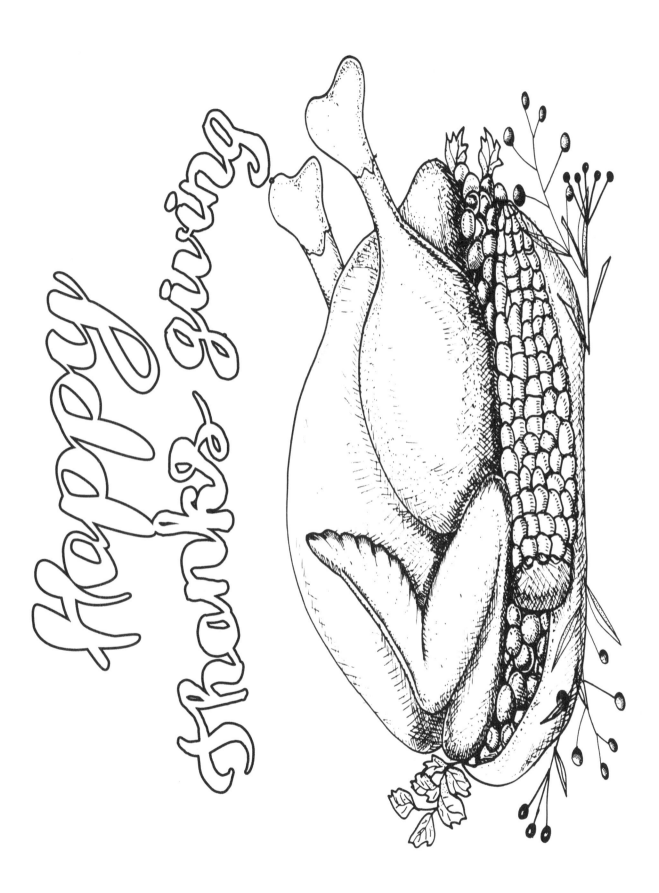

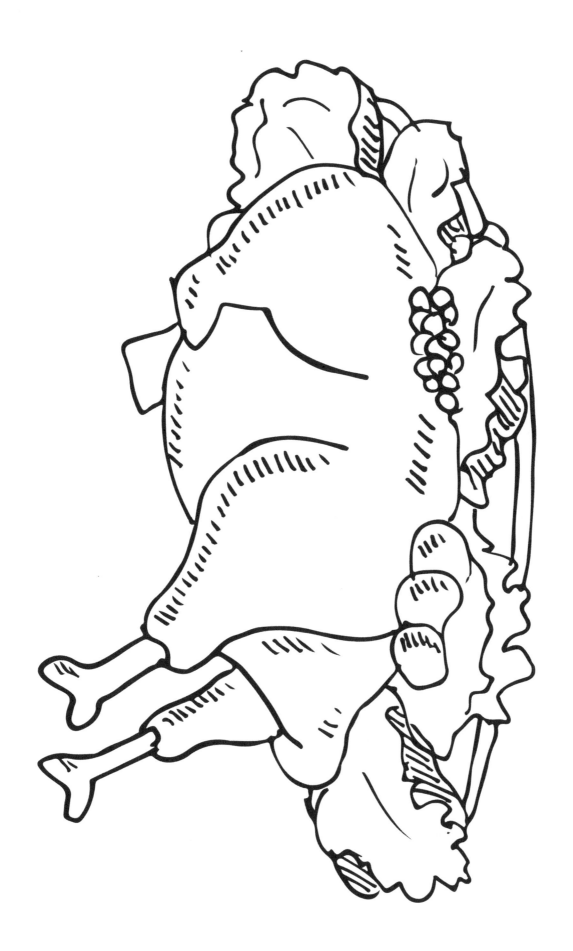

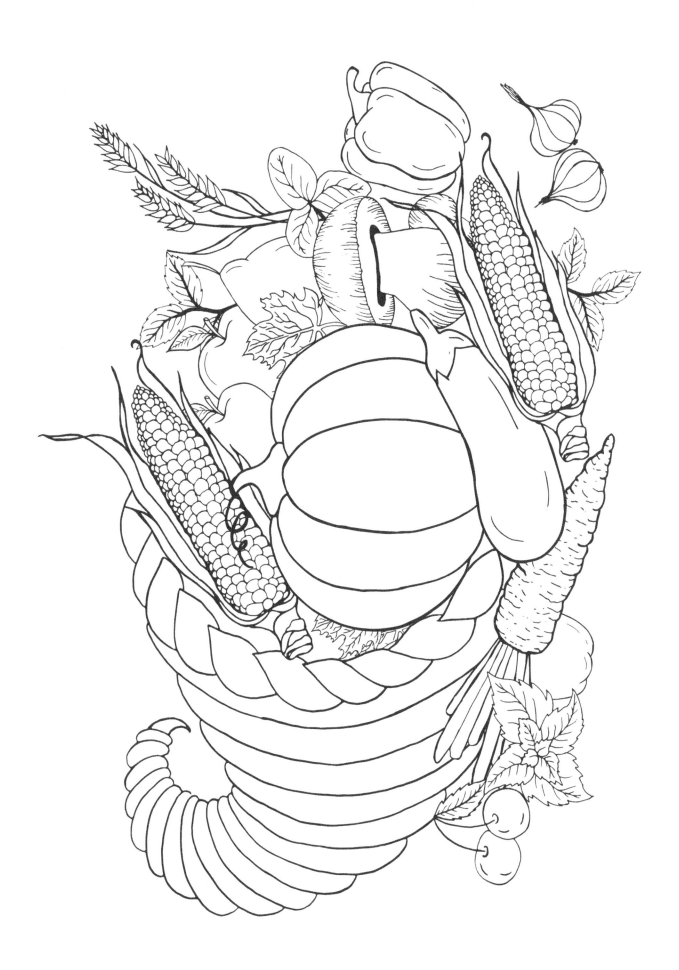

Connect the Dots

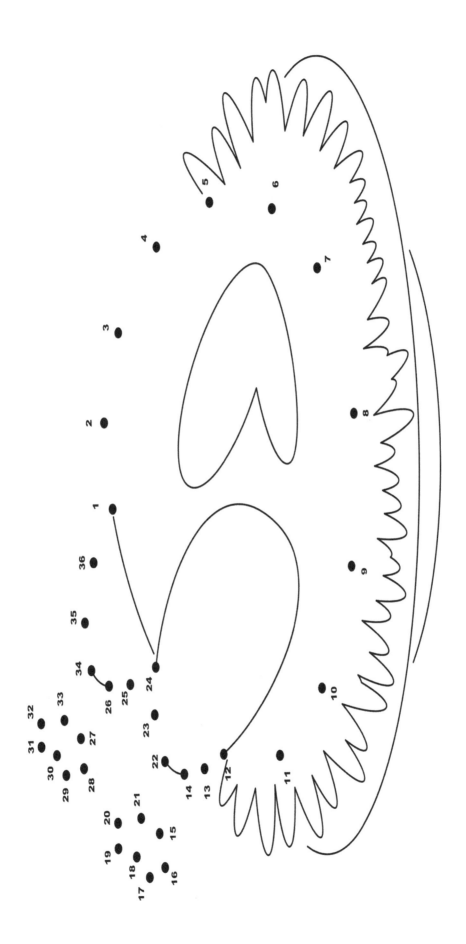

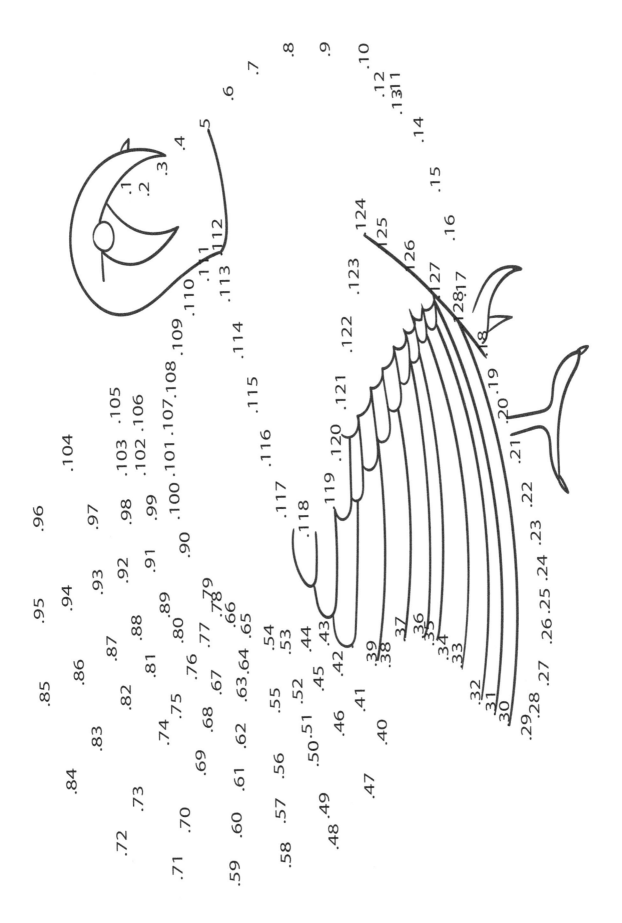

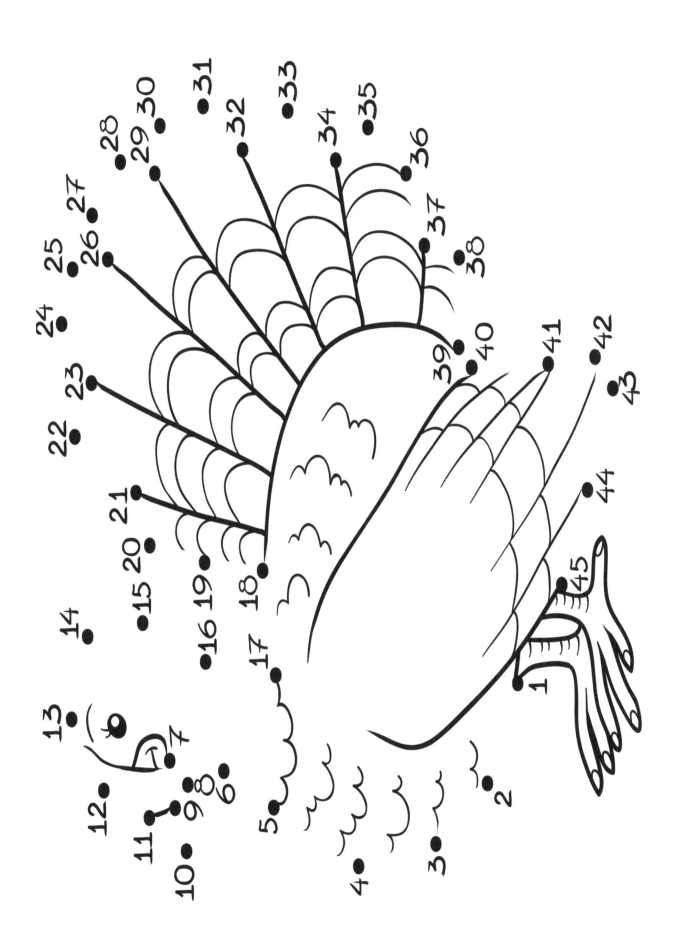

Mazes

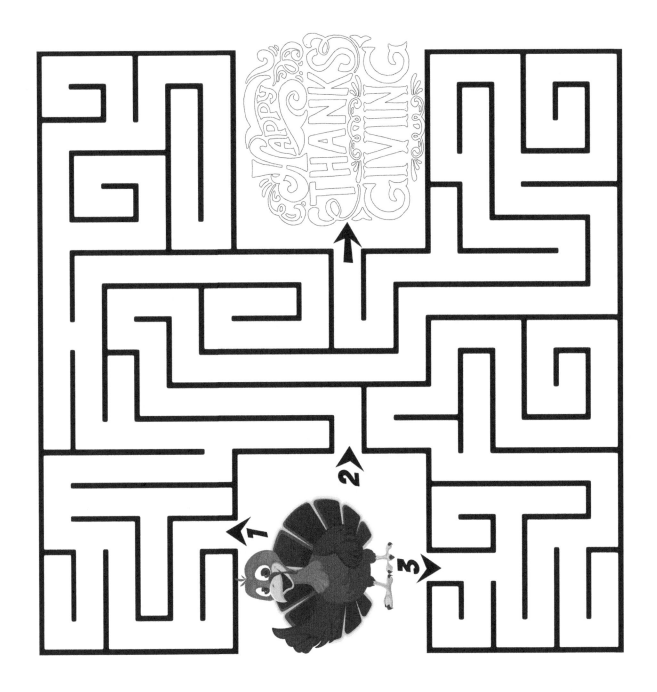

START

FINISH

Word Search

```
O R B T S V A A W S D R C H U
S Y K H M W S U U V G U T Y Z
F N J E H M N N T V M I E Y R
Z A R J I N K T S K D A J G P
V E X O P K B S Q R E T S I S
A V Y G C M U A U F A R E S P
X P U E Y A M E A V J W I U U
N I Y W U P I F S P X G R V E
M Q F R L G K V H L J R R O S
U H R G Q B F R T K T A E Y Q
K K Q Y C L Y H W L R U B Q K
L A N O R K X N U V B H N T D
G L H N T R O U H K X P A W G
X O M V X N M E D X E L R Z D
Y H A B P C W S O Q U F C Y U
```

SQUASH
AUNT
SISTER
ACORNS
CRANBERRIES
FEAST

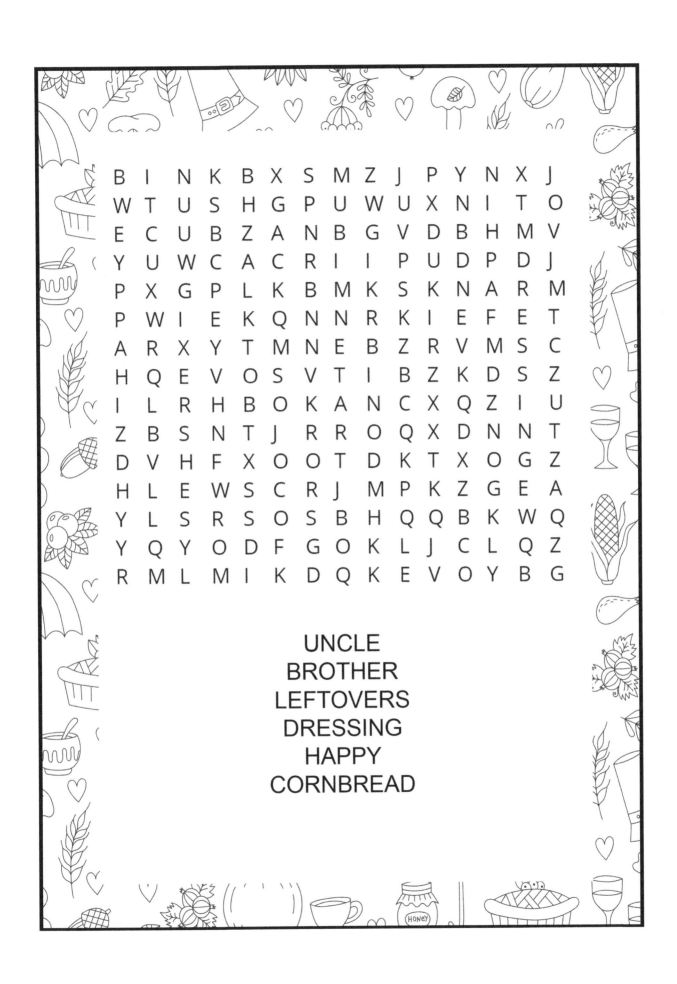

```
B I N K B X S M Z J P Y N X J
W T U S H G P U W U X N I T O
E C U B Z A N B G V D B H M V
Y U W C A C R I I P U D P D J
P X G P L K B M K S K N A R M
P W I E K Q N N R K I E F E T
A R X Y T M N E B Z R V M S C
H Q E V O S V T I B Z K D S Z
I L R H B O K A N C X Q Z I U
Z B S N T J R R O Q X D N N T
D V H F X O O T D K T X O G Z
H L E W S C R J M P K Z G E A
Y L S R S O S B H Q Q B K W Q
Y Q Y O D F G O K L J C L Q Z
R M L M I K D Q K E V O Y B G
```

UNCLE
BROTHER
LEFTOVERS
DRESSING
HAPPY
CORNBREAD

```
C C Q O Z G J C F O A N Z W C
M R V P Y H N B T U R K E Y U
C P J P S A Q F I W O B E Y R
P F O R O L L S P W E F W H D
U G E A K W H L R X U Q K K B
P H R E M O Y P C Q M I Z P G
N W D A G M R Z T V E S Z S Z
S J B L O L L A F O U T Q A N
W X W U G H T T P A N Z V N R
U O T P S N Y X C H C O J Q E
T H W F T F L I E J Y N S E H
W H P O O C R U V E P H D P T
H U K C P S E K C Y T U I I A
W L A W I N L O Y B X K C E F
V H N Z N K J T X A V F N H P
```

FATHER
FALL
TURKEY
PIE
ROLLS
PLYMOUTH

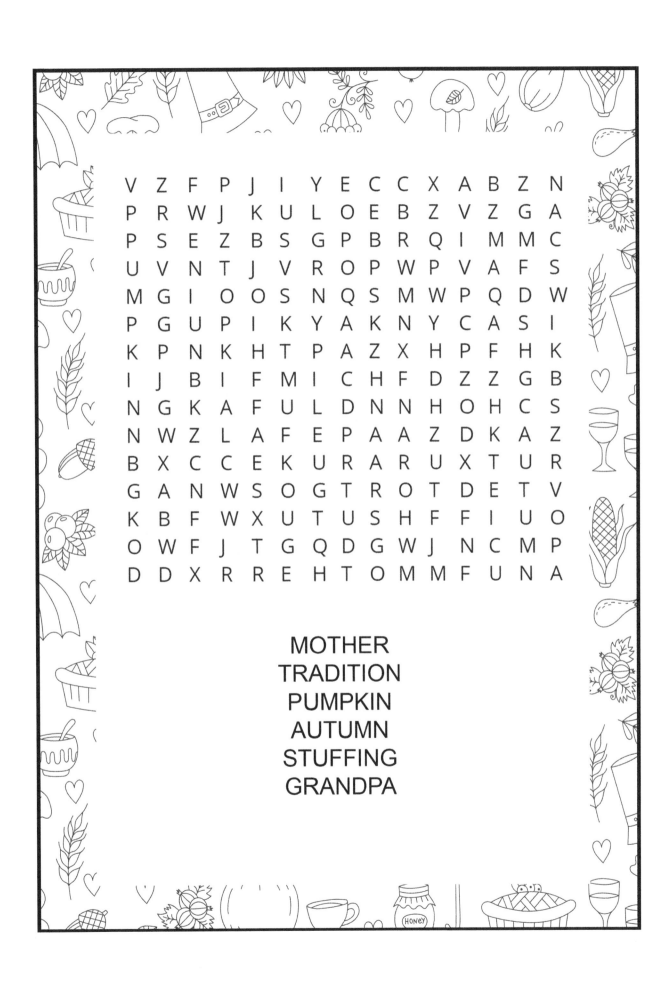

```
V Z F P J I Y E C C X A B Z N
P R W J K U L O E B Z V Z G A
P S E Z B S G P B R Q I M M C
U V N T J V R O P W P V A F S
M G I O O S N Q S M W P Q D W
P G U P I K Y A K N Y C A S I
K P N K H T P A Z X H P F H K
I J B I F M I C H F D Z Z G B
N G K A F U L D N N H O H C S
N W Z L A F E P A A Z D K A Z
B X C C E K U R A R U X T U R
G A N W S O G T R O T D E T V
K B F W X U T U S H F F I U O
O W F J T G Q D G W J N C M P
D D X R R E H T O M M F U N A
```

MOTHER
TRADITION
PUMPKIN
AUTUMN
STUFFING
GRANDPA

```
S I L A F V Y Q W M E O U B A
K Z B D V J V Q N N A I D N I
W F Y K F T L R T Y B A E K T
Y P Y L J Y G L B U H O P A H
I Y N C N U X E H T Y E G V A
O Q R Q O J I J B M V N R E N
T E Q W K V V G Z N B X A D K
U T K C U P T A L H A Q N O F
H D G E N U Z X G J U I D E U
P F T I E L B B O G T Q M C L
X R E B M E V O N B O S A I D
T A L V V G A S I T K F Z G M
D X D H H M I R G L I P E C S
K J B R Q Y I K D M U M C Y L
M I E E C Q F K B R D Y K T H
```

GOBBLE
PILGRIM
INDIAN
NOVEMBER
THANKFUL
GRANDMA

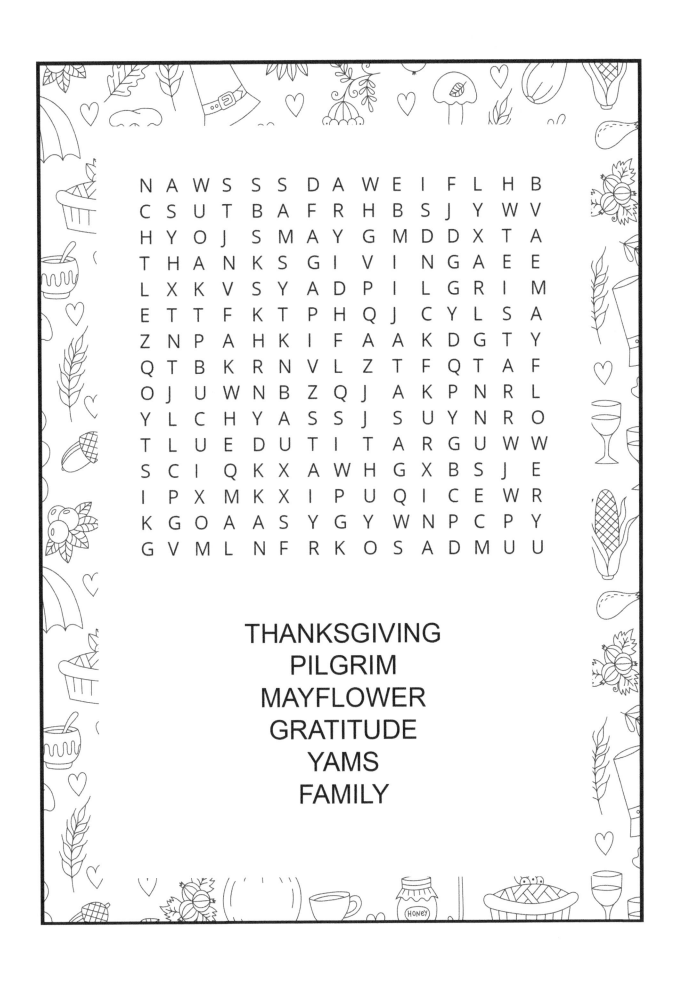

```
N A W S S S D A W E I F L H B
C S U T B A F R H B S J Y W V
H Y O J S M A Y G M D D X T A
T H A N K S G I V I N G A E E
L X K V S Y A D P I L G R I M
E T T F K T P H Q J C Y L S A
Z N P A H K I F A A K D G T Y
Q T B K R N V L Z T F Q T A F
O J U W N B Z Q J A K P N R L
Y L C H Y A S S J S U Y N R O
T L U E D U T I T A R G U W W
S C I Q K X A W H G X B S J E
I P X M K X I P U Q I C E W R
K G O A A S Y G Y W N P C P Y
G V M L N F R K O S A D M U U
```

THANKSGIVING
PILGRIM
MAYFLOWER
GRATITUDE
YAMS
FAMILY

Find the Differences

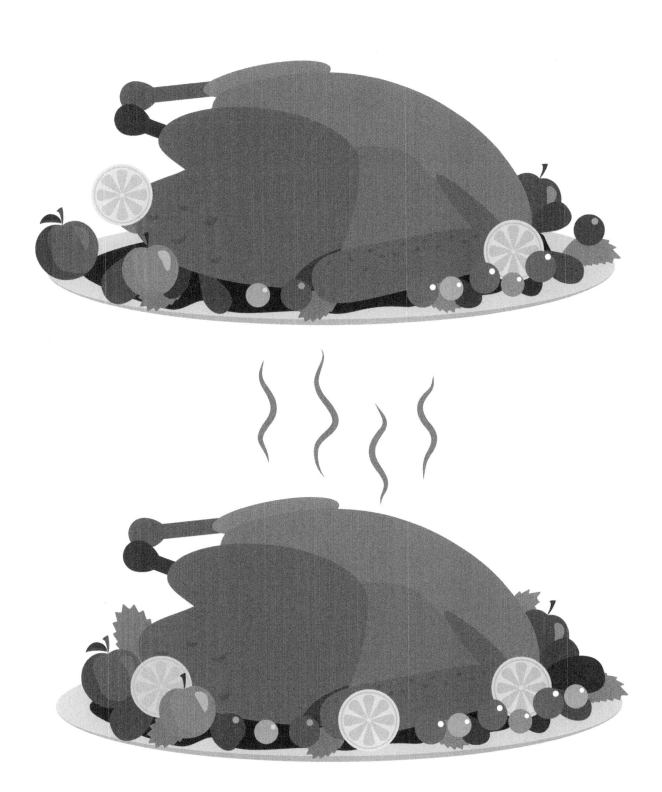

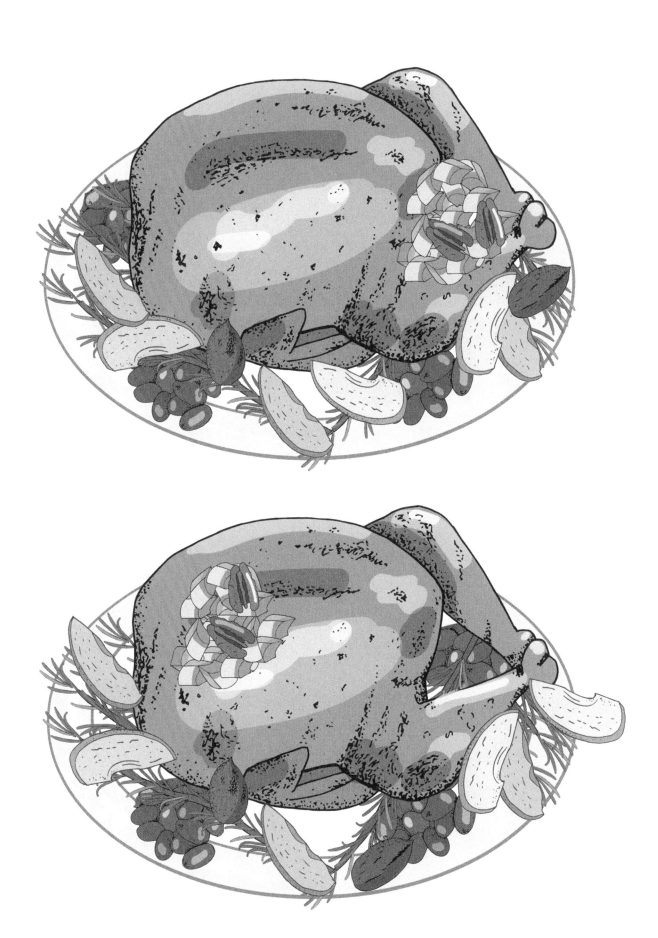